Anonymous

Auch Weiber tragen Hosen

oder Geistesgegenwart

Anonymous

Auch Weiber tragen Hosen
oder Geistesgegenwart

ISBN/EAN: 9783744676755

Hergestellt in Europa, USA, Kanada, Australien, Japan

Cover: Foto ©Andreas Hilbeck / pixelio.de

Weitere Bücher finden Sie auf **www.hansebooks.com**

Auch
Weiber tragen Hosen,
oder:
Geistesgegenwart.

Kabinetsscenen,
dialogirt,
aber nicht für die Bühne.

Scene II. S. 38

Zwote Auflage.

Konstantinopel, 1788.

Dem

Andenken

der

Hoch = und Wohlgebornen Gräfin

von C***

gewidmet

von dem Verfasser.

Personen.

Sbillaci, Graf, ausgetrockneter Wollüstling von 70 Jahren.

Gianetta, Gräfin, Dame von 22 Jahren; Bildung vollkommen.

Kassandra, Gianetta's Freundin.

Scipio, Jüngling; blühend schön, voll und nervigt, 20 Jahre.

Julia, Gianetta's Mädchen.

Bella, Kassandra's Mädchen.

Marco, Antonio.

Erster Akt.

Erste Scene.

Gianetta's Zimmer. Neun Uhr Abends.

Gianetta, Julia. (im Gespräche.)

Gianetta. O der elende Wicht mit seinem Froschgefühle! geh, ich bitte dich, keine Erwähnung mehr von ihm — Ich erröthe vor mir selbst, mich an den weggeworfen zu haben. Zwar verdient er mein Mitleid; sein Unvermögen war die Frucht einer Mönchserziehung, aber meine Liebe hat er nicht verdient: er konnte sie ja nicht erwiedern.

Julia. Auch der große, starke, nervöse Husarenlieutenant verdient Ihr Andenken nicht mehr?

Gianetta. Auch der nicht; oder glaubst du etwa, der habe alles gethan? Arme Julia! der Schein betrügt, sag ich dir. Ich selbst hofte Wunder an ihm zu finden, und am Ende war's ein schwerer Körper, grobbeinigte Schenkel, und die elenden Ueberbleibsel von tausend Belagerungen und Schlach-

A 3   ten.

ten. Aber seitdem bin ich der Phisiognomie
so gram, sie hat mein ganzes Vertrauen
verloren.

Julia. (schalkhaft) Und der schöne, junge,
saftvolle Kanonikus?

Gianetta. Ja der! Mädchen, o des un=
nenbaren Gefühls der höchsten Lust, mich in
seine Arme zu denken. Er opferte der Ju=
gend Erstlinge meinem Schooße — Mädchen!
unter allen wollüstigen Freuden ist der unbe=
fangene Jüngling die wollüstigste. (schwär=
mend) Wenn ich da im Taumel des Ent=
zückens hinsank, und meine Arme wie Reben
ihn umschlangen, und Herz an Herz gedrückt
wir alles über uns vergaßen; wenn Seh=
und Denkkraft schwand, wenn ich aus einem
Entzücken erwachte, um in neue größere zu
taumeln — wenn meinen Busen seine Küsse
deckten, wenn seinen rastlosen Händen, sei=
nen gierigen Augen kein nur halb reizbarer
Gegenstand entschlüpfte: (steigend) wenn
dann, die Sinne umnebelt für Uibermaß des
seligen Entzückens, unsre Seelen in eins
schmolzen, zerfloßen vom Feuer der Liebe
und schwammen in Wollust — wenn auf
den befriedigten Genuß stets neue wieder
folgten, o! wer gäb um den Genuß nicht
eine ungewisse Seligkeit dahin? — Und die=
sen Jüngling, Julia! diesen blühenden, lie=
bevollen Jüngling entriß der Tod meinen Ar=
men — ich bin sehr elend.

Ju=

Julia. Verzeihung, gnädige Gräfin —
(stockt)

Gianetta. Nun?

Julia. Dürft ich —

Gianetta. Rede!

Julia. Von jeher waren Ihre Wünsche mein Gebot, Ihre Gnade mein Stolz; aber ich wage viel, wenn ich rede.

Gianetta. Sey offenherzig!

Julia. Werden diese Freuden ewig dauern, gnädige Frau?

Gianetta. (stutzt) Ewig? — freilich nicht; aber doch so lange diese Wangen blühen, dieser Busen seine Form behält, zuverläßig: und vermögen natürliche Reize nichts mehr, so nehm ich meine Zuflucht zur Kunst — und wer ist der Thor, der über den gegenwärtigen Genuß' an dessen Fortdauer in die Zukunft grübelt? — Des Guten genießen, so lang es in unserer Macht steht, es uns zu verschaffen, lehrt uns das nicht Philosophie?

Julia. Nur nicht so genießen, daß es uns in der Zukunft reuen darf, es übermäßig genossen zu haben.

Gianetta. Thörin! übermäßig? wes Guten in der Welt genießen wir übermäßig? Es ist so sparsam gesäet, daß wirs mit Mühe sammeln müssen. Und mit deinen kühnen Blicken in die Zukunft! wir armen Wichte können uns kaum mit der Gegenwart

ver=

vertragen, wie wollen wir uns mit der Zu=
kunft undurchdringlichen Geheimnissen messen?
können wir auf Ewigkeiten pochen, da wir
von den Wohlthaten einer Stunde leben? —
— Aber deine Miene ist so wichtig — ich
verstehe — meine Lebensart gefällt dir nicht,
und vielleicht mit Grunde.

Julia. Gnädige Frau —

Gianetta. Ich bin dir keine Rechenschaft
schuldig, das weiß ich; aber — du kennst
meine Lage — Meine Familie fand es gut,
mich in meinem siebenzehnten Jahre einem
vermögenden fünf und Sechziger an die Sei=
te zu stellen. Ich sträubte mich gegen diese
Wahl; aber man überzeugte mich von der
Nothwendigkeit dieser Verbindung durch Fluch,
Enterbung, Fasten und Kloster. Man schlepp=
te mich zum Altar — ich mußte Treue schwö=
ren, mit einem feierlichen Eide die Zusage
bekräftigen, meinen Gatten ewig zu lieben —
Die Thoren wußten nicht, was das mensch=
liche Herz für ein wunderlich Ding ist, daß
es kaum für einen Tag gut sprechen kann, um
sich mit Beständigkeit zu brüsten, wußten
nicht, daß es von uns nicht abhängt, zu
thun, zu wählen, zu behaupten, und für
immer gut zu finden, was wir einst er=
träglich fanden — Ich verstand mich zu
der Zeit auf die Bedürfnisse des Herzens
wenig, und hatt' ein weit bessers Schicksal,
als ich anfangs vermuthete; bis dann die
Lei-

Leidenschaft sich regte, jener reissende Strom, dem vergebens sich das schwache Schilf entgegensträubt, und meinem Busen Wünsche entschlüpften, die für immer Wünsche bleiben, keine Befriedigung je zu gewarten haben sollten — konnt ich dann anders, als dem unvermeidlichen Unglücke, der Grausamkeit meiner Eltern durch Nebenwege entgegen arbeiten? Führen sie zum Ziel oder nicht, was kümmert mich das? und erlaubt oder nicht: frägt der Hungrige, obs erlaubt ist zu essen, was er haben kann? — Gebt ihm giftige Früchte in reizende Schaalen gehüllt, er greift zu, ißt und stirbt, eh er sichs verwehren läßt. — Daß ich, wäre mein Schicksal nicht dies, entfernt von jeder Ausschweifung mit dem ruhigen Besitze eines Mannes, der mit mir gleiche Empfindungen hegt, mich genügen würde —

Julia. Davon bin ich völlig überzeugt. Aber diese Herablassung gnädige Gräfin! dies Vertrauen in einen weiblichen Busen, in Ihre Magd: wodurch hab ich es verdient, wodurch kann ich es verdienen?

Gianetta. Wodurch? wie du so fragen kannst, und kennst jede Falte meines Herzens, kennst in einem alle meine Wünsche — Schaffe mir den Mann Julia! den ich mir denke, und was ich je für dich gethan, und alles was ich hab, ist Kleinigkeit dagegen — du schweigst? freilich zu viel gefodert — ich

A 5

ken-

kenne dein Herz Julia; aber meine Fode=
rung ist zu groß.

Julia. Nicht doch gnädige Gräfin —
vielleicht —

Gianetta. Du läßt mich hoffen? wie? —
Mein Mädchen! lieber keine Hofnung als
getäuschte Hofnung.

Julia. Ich hab ihn gesprochen.

Gianetta. (hastig) gesprochen?

Julia. Und erwünscht gefunden.

Gianetta. (mit Verwunderung) — Er=
wünscht gefunden?

Julia. Er wird seine Aufwartung machen.

Gianetta. (ernst) Erwünscht gefunden?
er wird kommen? — wofür hälst du mich
denn?

Julia. Ich ehre meine Gebieterin zu
viel, als sie mit ungegründeten Hofnungen
zu täuschen.

Gianetta. (beinah außer Fassung) Und
ich könnte wirklich hoffen? — hoffen?

Julia. Was der Sache noch die beste
Wendung giebt, ist ein Umstand, der wahr=
lich nie erwünschter kommen dürfte. Für=
wahr, alles scheint zu Erfüllung Ihrer Wün=
sche beizutragen; der alte Graf kömmt nach
drei Tagen erst zurück, der junge Mann —
fassen Sie sich gnädige Frau! dies übertrift
weit alles vorhergehende —

Gianetta. (ahndend) Der junge Mann?

Julia. — Liebt Sie unaussprechlich.

(Gia=

(Gianetta's Uibergänge vom Staunen zum
Entzücken mögen eine acht Sekunden lange
Pause ausfüllen.)

Julia. Er sehnte sich seit lange schon
nach Gelegenheit, mir sein Herz zu entde-
cken, und Hilfe zu suchen in seiner grossen
Noth — ich weiß, stammelte er, Sie haben das Vertrauen Ihrer Gräfin ganz — —
doch mag ers Ihnen mündlich sagen, was
er fühlt, überzeugen von der Stärke seiner
Leidenschaft: der Arme leidet bereits neun
Monate mit zunehmender Heftigkeit, ward
dreimal am hitzigen Fieber tödlich krank —

Gianetta. (mit Entzücken) Zu viel!
guter Gott! das ist zu viel. Er liebt mich,
liebt unaussprechlich! nein! unmöglich, un-
begreiflich! —

Julia. Nicht doch! es ist so ein alltäg-
licher Fall als einer: oder ist es seit gestern
erst entschieden, daß Gräfin Gianetta die erste
Schönheit des Herzogthums, die einzige sey,
die mit Recht jenem Zusammenflusse griechi-
scher Schönheiten an die Seite gestellt zu
werden verdient? — Aber zur Sache itzt
(sie sieht nach der Uhr) binnen drei Minuten ist er da.

Gianetta. (äußerst überrascht) Heute
noch kömmt er? heute noch? (besorgt) es
ist spät.

Julia. Bestimmen Sie, wann er köm-
men soll, ich will ihn zurückweisen.

Gia-

Gianetta. Nein! nein! ich besorgte nur, der Wohlstand würde ihn zurückhalten.

Julia. Kennt wohl eine Liebe wie. die seinige Ceremonie?

Gianetta. Aber (mit Eile vor den Spiegel) ich seh heut erbärmlich aus — mein Anzug — sprich, was soll ich —

Julia. (eine wichtige Mine affektirend) Ich wählte das Kleid der Venus Aphrodites, und ich stehe dafür, es behagt ihm am meisten.

Gianetta. Möglich, aber—

Julia. Er kömmt —

Gianetta. Ich muß mich fassen. Sag ihm, er darf alles hoffen; geh, sag ihm — eile — sag was du willst — Nur einen Augenblick möcht er verziehen, ich muß mich sammeln.

Julia (ab)

Zwote Scene.

Gianetta.

Ruhig klopfendes Herz! nur eine Minute halt aus, dann kannst du laut schlagen. (Sie schwankt auf den Sopha — steht auf, geht wie von ungefähr vorn Spiegel — bleibt — geht wieder — unschlüßig.) Er liebt mich, liebt mich unaussprechlich! o daß ich den Gedanken fassen könnte, den wonniglichen Ge-

dan-

danken, von dem Manne geliebt zu seyn,
an dem meine ganze Seele hängt — —
Aber ich will vergelten, Mann! du sollst sie
ganz fühlen die Seligkeit, von mir geliebt zu
seyn. — — Zwar nicht meiner Liebe Erstlinge kann ich dir opfern, aber doch — (sie
geht wieder vor den Spiegel, ihre Augen ru-
hen mit Wohlbehagen an ihrem wallenden
Busen —) ein Herz voll warmer, inniglicher
Liebe. (Sie reißt mit schönem Ungestüm das
gazene Halstuch von sich.) Fort neidische
Wolke! er soll die Sonne in ihrem vollen
Glanze sehen; *) so — so — nun bin ich ge-
faßt. (sie geht an den Tisch, läutet.)

Dritte Scene.

Gianetta, Scipio (in rothscharlachnen Hosen), **Julia.**

Scipio (mit ungewissem Tritt, einige
Schritte vorwärts)

Gianetta (mit offenen Armen ihm entgegen, die sie dann plötzlich sinken läßt — geht
an den Sopha)

Ju-

---

*) Gianetta fehlt hierin unstreitig, daß sie aus Ue-
bermaß der Empfindung die Regeln der
Koketterie vergießt.

Julia (zum Scipio.) Faſſen Sie Muth
— ich bürg Ihnen für eine gute Aufnahme.

Scipio. Gnädige Gräfin — Verzeihung
— meine Verwegenheit —

Gianetta. Verdient nur in dem Falle
Nachſicht, wenn die Heftigkeit der Leiden-
ſchaft Sie zum Wahnſinn verleitete.

Scipio. (erſchrocken) Wahnſinn? (ſich
nach Julien wendend) Ich bin verloren! —

Julia. Nicht doch (bittend) Gräfin —

Scipio. Freilich Wahnſinn, mich bis zu
der Höhe gewagt zu haben: Wahnſinn iſt's,
der alles verzehrenden Sonne mit wächſernen
Flügeln entgegen zu wallen; Frevel, dem
Abdrucke der Gottheit nahe zu kommen ver-
ſuchen — aber ich konnte nicht anders; (rüh-
rend) ich habe lange gekämpft, hätte mich
beinahe zu Tode gerungen, und — wär ich
doch unterlegen!

Gianetta. Das nicht — aber — (für ſich)
o wer es aushalten könnte! — (laut) Getroſt
junger Mann! Ihre Liebe fiel nicht auf ſtei-
nigten Boden. Sie lieben mich; genügen
Sie ſich mit dem Geſtändniſſe, daß ich gegen
ihre Leiden nicht unempfindlich bin. (beiſeite)
Nun iſts heraus!

Scipio. (ſtürzt zu ihren Füſſen, bedeckt
ihre Hand mit Küſſen. Vom Uibermaß des
Entzückens kaum ſeiner mächtig, ſtammelt er)
Gräfin — dies Geſtändniß — (ſeine Lippen
kleben feſt an ihrem Arme).

Ju-

Julia. (nach einer zwo Minuten langen Pause) Gute Götter! wirds denn immer beim Händeküssen bleiben? Männer, Männer! wie verschieden eure Launen, eure Temperamente: jener zu frei, dieser zu bescheiden, und beides immer zur Unzeit.

Gianetta. Wir haben unsere Herzen uns entdeckt, warum sollen wir uns an die Kette des Ceremoniels ängstlich schmiegen? Ueberlassen wir uns ganz ihrer Leitung; in meine Arme Theurer! die Sprache des Herzens ist sanftes Lispeln, das man nicht entdeckt, ohne Ohr an Ohr zu halten.

Scipio. (mit Entzücken) Gräfin —

Gianetta. O nenne mich nicht so, ich bin von nun an — deine Geliebte. (Sie zieht ihre Hand zurück, die seinige folgt ihr, und kömmt aus Zufall an ihren Busen).

Scipio. (durch und durch erschüttert, fährt zurück) Himmlische Mächte! Gianetta! meine Gianetta! Barmherzigkeit — ich sterbe — ich sterbe des süssesten Todes.

Gianetta. So empfang ich denn vor meiner Hand — den Tod — da — — (sie umschlingt ihn fest, drückt seine Hand an ihren Busen mit Heftigkeit,) stirb für Entzücken! (Pause) Julia —

Julia (geht ab).

Viet=

Vierte Scene.

Gianetta, Scipio.

Gianetta. (indem sie eine reizende Stellung nimmt) Nun, laß diese Schüchternheit, Mann! Scipio, fasse Muth, wir sind allein — mache dich, mach uns beide glücklich; du kannst es —

Scipio. (stammelnd) Was soll ich —

Gianetta. (schmelzend) Dich wiegen an meinem Busen, und schwelgen der Liebe Seligkeiten, das sollst du — das — (umschlingt ihn von neuen.)

Scipio. (erwacht nach und nach aus seiner Betäubung, sieht, nähert sich dem, was er sieht, verschlingt mit den Augen, dann mit dem Munde alles, was er sieht, geräth darüber in stürmische Wuth, zerreißt alles, was ihn hindert, noch mehr zu sehen) Wonne! Entzücken!

Gianetta. (sucht, jedoch nur sehr schwach, seinem Ungestüm Einhalt zu thun. Nach einer drei Minuten langen Pause aufgeschreckt). Was! Konvulsionen? (sieht ihn starr an) — Ohnmacht? Heiliger Antonius! was! (springt auf) welch ein Zufall! Julia! (läutet) ich bin des Todes— Julia! Julia!

Fünf=

Fünfte Scene.

Julia, Vorige.

Julia. Um Gotteswillen, was ist vorgefallen?

Gianetta. Hilfe! eile! Wasser — eine Ohnmacht!

Julia. Wahrlich sehr zur Unzeit!
(geht ab)

Gianetta. Ich bin des Todes! Scipio, erwache Geliebter! (Julia kömmt; beide sind bemüht ihn zurecht zu bringen.)

Julia. Die Freude hat zu viel auf ihn gewirkt — — Ruhig, gnädige Gräfin! er erholt sich.

Gianetta. — — Scipio! Theurer!

Scipio. Ach! — wo bin ich?

Gianetta. In den Armen der Liebe. Ermanne dich!

Julia. Wie ist Ihnen junger Mann?

Scipio. — Ich bin sehr schwach —

Julia. Wollen Sie zu Bette gebracht seyn? (leise zur Gräfin) Machen Sie, daß er bleibt, so kann er ersetzen, was die Ohnmacht verdarb.)

Gianetta. Ja doch, zu Bette! zu Bette!

Scipio. Man könnte mich überraschen —

Gianetta. Sey außer Sorgen, wir sind sicher. (Sie führen ihn ins Kabinet.)

B   Sechs-

Sechste Scene.

Julia.

Wahrlich ein seltener Fall! arme Gräfin, gehen doch beinahe alle deine Wünsche den Krebsgang. (Sie geht an den Pantalon, spielt und singt. *)

Um die stille Mitternacht,
wann allein die Liebe wacht;
wann die schattenvolle Welt
nur der hohe Mond erhellt:
schlief die Nachbarin Elmire,
schlief ihr abgelebter Mann;
und an ihres Hauses Thüre
pochte plötzlich Amor an.

Wer ist hier? wer lärmt noch so?
Ach! mein güldner Traum entfloh!
rief die Magd halb schlafend aus,
gähnt und taumelte vors Haus.
Amor steht in ihren Armen;
und kein Mädchen widersteht,
wenn ein Amor um Erbarmen;
wenn ein holder Amor fleht.

(Sie

---

*) Siehe Uz poetische Werke, 1. Band 3. Buch: Amor und sein Bruder.

(Sie geht an die Thüre, horcht, nimmt das Glas.) Da! wenn etwa eine neue Ohnmacht anwandeln sollte.

Scipio. (im Kabinete) Wird nicht Noth haben.

Julia (singt weiter:)

Ihm wird willig aufgethan;
und sein Bruder hängt sich an:
halb bedeckt mit Epheukranz
seines güldnen Hornes Glanz.
Seine schlauen Blicke brennen,
jede Sehne schwillt von Kraft:
die ihn kennen wollen, nennen
ihn den Gott der Hahnreyschaft!

Amor thut sogleich bekannt,
lehnet an die nächste Wand
seinen Bogen lachend hin,

(Man hört ein Posthorn; Julia stutzt singt weiter)

hüpft und ruft mit frohem Sinn:
trotz der fest verschloßnen Thüre,
Bruder half ich dir herein.
Jung und feurig ist Elmire —

(der Wagen kömmt näher — sie fliegt ans Fenster — der Wagen rasselt ins Haus.) Hilf heilige Marie! der alte Graf — (läuft

B 2   nach

nach dem Kabinete) Um Gotteswillen, Gräfin! wir sind verloren — Scipio!

Siebente Scene.

Gianetta, (verstört) Julia, Scipio,
(sieht im Hemde zur Thüre heraus.)

Gianetta. Was ist's? was soll das um Gotteswillen?

Julia. Der Graf — Scipio! geschwind in den Kasten —

Gianetta. Schrecklich! schrecklich! bietet doch ein Unglück dem andern die Hand — Ihre Kleider —

Julia (bringt sie bis auf die Beinkleider, die sie aus Eile vergißt.)

Scipio (nimmt sie und springt in den Schrank.)

Julia. Er kömmt.

Gianetta. Ich bin krank, schon seit einer Stunde zu Bette. (geht ab)

Achte Scene.

Svillaci Graf, Julia, (Marco, Antonio, bringen Bagage.)

Graf. Wo ist die Gräfin?

Julia. Ich soll Euer Gnaden auf eine unangenehme Nachricht vorbereiten.

Graf.

Graf. (erschrocken) Was —

Julia. — Euer Gnaden müssen sich fassen —

Graf. (stärker) Was —

Julia. Die gnädige Frau ist —

Graf. (beinahe außer Fassung) Was! —

Julia. Seit einer Stunde zu Bette; sie klagt über fieberische Paroxismen.

Graf. (halb beruhigt) Das ist schlimm — Hat man welche Vorkehrungen getroffen?

Julia. So eben war der Doktor hier.

Graf. Nun?

Julia. Morgen soll's besser werden.

Graf. Sie bedarf der Ruhe vorzüglich. Ich will heute da schlafen: mache mir ein Bett zurechte.

Julia. (beiseite) Behüte Gott! wie käme Scipio von dannen?

Graf. Wo ist der Schlüssel zum Kasten, daß das Zeug da in Ordnung kömmt?

Julia. (erschrocken beiseite) Das auch noch? (laut) Die Gräfin hatt' ihn erst vor einer Stunde.

Graf. (hat sich indeß der Reisekleider entledigt) Auch gut, kann bleiben. (Man hört im Kasten etwas sich regen) Was ist das?

Julia. Mäuse vermuthlich. (wie von ungefähr) Das war ein Hauptspaß, gnädiger Herr! der Streit der gnädigen Frau mit dem Doktor. Da wollt' er die Krank-

heit

heit vor einigen Jahren schon an ihr wahr=
genommen haben, da hätte man zuvorkom=
men sollen, sagte er, und raisonnirte und de=
monstrirte so heftig, daß ihm der Schweis
vor die Stirne trat; verschrieb eine halbe
Apotheke: indeß die gnädige Frau darauf be=
stand, nichts von all dem zu nehmen. Ihr
könne nur eins helfen, sagte sie, und der
Herr Graf komme leider nach drei Tagen
erst zurück.

Graf. Leider nach drei Tagen erst zu=
rück? Mädchen! das hätte sie gesagt? Mäd=
chen! diese Worte wiegen Gold! — das hät=
te sie wirklich gesagt?

Julia. O sie liebt Sie unaussprechlich!
Sie glauben nicht —

Graf. Ja doch, ich weis es — geh,
sag, daß ich mit Ungeduld — nein! bleib
— ich will sie überraschen. — Mädchen!
hat sie das wirklich gesagt?

Julia. Freilich, freilich —

Graf. Will vergelten Gräfin! von mei=
nem Leben will ich stehlen, um das deinige
zu retten. Habe zwar leider nicht viel mehr
zu vergeben: aber wer gäb nicht auch sein
letztes hin, um ein Weib, um eine Gianetta
zu befriedigen? (nimmt ein Licht und ab
ins Kabinet.)

Neun=

Neunte Scene.

[Julia, Scipio.

Julia. (sperrt auf) Eine Minute län=
ger, und ich wäre gestorben für Angst.

Scipio (ohne Hosen, einen Strumpf und
Stiefel in der Hand.)

Julia. Armer Mann! die Einladung ist
Ihnen übel bekommen.

Scipio. Wo sind meine Hosen?

Julia. Ich habe sie Ihnen gebracht.

Scipio. Gott nein! Sie haben sie vergessen.

Julia. Unmöglich! nein!

Scipio. Gewiß! —

Julia. O das ist schrecklich. Nun ist
alles verloren; der Alte ist im Kabinette.
Fliehen Sie um Gotteswillen, retten Sie
sich! ich kenne seine Wuth. Das muß ein
schrecklich Ende nehmen.

Scipio. So wie ich da bin?

Julia. Dafür hilft nichts. Fort! fort!
(schiebt ihn hinaus; mit ab.)

Zehnte Scene.

Der Graf. (die scharlachnen Hosen in
der Hand.)

Träum ich? wach ich? — — Nein! un=
möglich! ich träume — — Gianetta, mein

Weib,

Weib, mich so zu betrügen; verdammte Bulerin! — Nein, verzeih meinem Unsinn!
Gianetta ist keine Bulerin! unmöglich! —
(wischt sich die Augen, besieht sie vom neuen)
Nein sag ich, es ist Blendwerk! irgend ein
Teufel hat sein Spiel mit einem alten Graukopf; Gott sey bei uns! (schlägt ein paar
Kreuze über sich) Verschwinde! — — —
Noch immer? — und es wäre nicht Täu-
schung, nicht Blendwerk der Hölle? und es
wäre Wirklichkeit? — Mein Weib eine Bulerin — ich betrogen, unerhört betrogen,
beschimpft — — (wirft sich auf einen Stuhl)
Undankbares Weib! das konntest du mir
thun? das? — das? — — (springt auf)
Aber was säumst du Graukopf hier, und
winselst und ächzest, und möchtest verzweifeln über dem Gedanken: dein Weib ist eine Bulerin? — Fort! die That ist neu, erst
bin ich eine Viertelstunde hier. Der Mar-
der ist noch im Schlag, oder er müßte sich
durch Mauern fressen können. (drückt eine
Pistole ab)

    Gianetta. (im Kabinete) Jesus! Scipio!

    Graf. — — Was will ich? meine
Schande jedermanns Zunge preis geben?
mein Unglück vollkommen machen? Nein!
tausendfache Nacht über die schwarze That,
daß sie nie die Sonne beleuchte!

Eilfte Scene.

Marco, Antonio. (stürzen herein)

Graf. Ruhig Kinder! es ist nichts; ein Ungefähr — geht schlafen. Julia nicht auch da? — geht schlafen. (Marco, Antonio mit Verwunderung ab.)

Graf. (wirft sich voll Unmuth aufs Kanape.)

Zweiter Akt.

Kassandra's Zimmer. Morgen, sieben Uhr.

Erste Scene.

Kassandra (an der Toilette.) **Bella** (macht ihr die Haare.)

Kassandra. (hat einen Brief gelesen) Nein lieber Graf! bis auf dem Punkte wären wir noch nicht!

Bella. Sie nehmen die Einladung an?

Kassandra. Ich verbitte sie mir.

Bella. Wie —

Kas-

Kaſſandra. Ich bin nicht gewohnt jeder launichten, findiſchen Bitte der Männer, um ſo weniger ihren **Befehlen** zu Gebote zu ſeyn. Der Stolze! was glaubt denn ſeine Eitelkeit vor Andern voraus zu haben, daß er in dem Tone mit mir reden darf? Denkt er etwa der letztere Sieg berechtige den Helden von dem Uiberwundenen itzt mit Trotz und Ungeſtümme zu fodern, was er da er=ſchlich? Nein, wahrlich! derlei Waffen hab ich noch Maßregeln entgegen zu ſetzen, Maß=regeln, Graf! an denen dein ganzer Hel=denmuth, alle deine gefährliche Weisheit ſcheitern muß.

Bella. Darf ich bitten mir dieſelben mitzutheilen gnädige Frau! Sie können mir ausnehmend gute Dienſte thun.

Kaſſandra. Gewiß, ausnehmend gute Dienſte. Merk auf: Gar nichts von dem zu thun, was er will, dies iſt die Bruſtwehr gegen ſeinen Uibermuth. Männer ſind Kin=der, Bella! viel ungeſtümmer nur, und eben ſo wankelmüthig. Man muß ſie nie darauf kommen laſſen, etwas zu verlangen, ſonſt glauben Sie das Recht zu haben: alles ver=langen zu dürfen; und wir ſind dann leider ſchwach genug, ihnen alles zuzugeſtehen.

Bella. Aber der arme Graf! er iſt doch im Grunde ein guter Mann; er liebt Sie unausſprechlich.

Kaſ=

Kaſſandra. So? — Alſo darum ein guter Mann, weil er mich liebt? Gut! der Stich mag auf Rechnung deiner Unwiſſenheit hingehen. (mit ſcharfen Blick) Wärs aber Bosheit oder Muthwille; ſo wüßt ich eine Unverſchämtheit dieſer Art zu ahnden.

Vella. Nein gnädige Gräfin! ich weis zu gut, daß, wenn der Kenner des Künſt-lers Werke bewundert, er weiter nichts thut, als was er ſchlechterdings thun muß, um ſich als Kenner zu zeigen; ich wollte nur ſagen, der Graf verdient den Vorzug vor Andern, weil er nicht ſtummer Bewun-derer allein, weil er auch lauter Anbeter iſt.

Kaſſandra. Ich weis eben nicht, wel-chem von beiden ich den Vorzug geben wür-de. Aber ſetze noch hinzu: der Graf iſt der ſchönſte Mann im Herzogthume, der feurig-ſte, zärtlichſte Liebhaber, ſein Verſtand, ſein Witz, ſeine Art zu unterhalten die ein-zige; übergeh die übrigen Vorzüge alle, die er noch vor tauſend Andern eigen hat, ſo macht dies meinen Vorſatz ihn zu fliehen, darum nicht wanken, weil die Gefahr wächſt mit den Vortheilen des Gegners. Ich lache über dumme Faſeleien des Gecken, bedaure die Lage des überſpannt empfindſamen, ſchmachtenden, girrenden Narren; höre kalt die trocknen Schönheitsverſicherungen des al-bernen Schulphiloſophen: aber bei einem
Bour-

Bourgognino ist doch alle Vorsicht nöthig, um nicht am Narrenseile geführt zu werden. — Männer zu fesseln Mädchen ist eine leichtere Kunst, als sie für immer fest zu halten. Jenes vermögen unsere Reize oft ohn unser Zuthun, über dem letztern verarmen alle Gunstbezeugungen unsers ganzen Geschlechts.

Ein Diener. Gräfin Gianetta's Mädchen —

Kassandra. Soll kommen.

Zwote Scene.

Kassandra, Bella, Julia.

Kassandra. Was bringt sie liebes Kind so früh?

Julia. Einen guten Morgen von meiner Gräfin, (küßt ihr die Hand) das übrige sagt der Zettel.

Kassandra. (liest für sich) — Was zum Wetter! —

Julia. (leise zu Kassandra) Erlauben Sie gnädige Frau, daß ich Sie ein paar Augenblicke allein sprechen darf; die Sache hat dringende Eile.

Kassandra. Geh zu meinem Grafen Bella, ich lasse fragen, obs gefällig ist, mit mir zur Gräfin Svillaci zu frühstücken.

Ju=

Julia. Ich will mir indessen alle Mühe geben, die Gräfin nach meiner Freundin Geschmacke zu bedienen.

Bella. (Mit einer familiären Verbeugung ab.)

Dritte Scene.

Kassandra, Julia.

Julia. Um Gotteswillen gnädige Frau! helfen Sie uns, retten Sie uns! wir sind verloren ohne Ihren Beistand.

Kassandra. (hat weiter gelesen) Nun wahrlich, da habt ihr schöne Dinge gemacht, — — und wenn alles verdorben ist, soll ich alles wieder gut machen?

Julia. Nur den alten Grafen bereden, daß er die Sache nicht so nimmt wie sie ist, nur das —

Kassandra. Freilich, freilich! nur das — ich will ihm sagen: beruhigen Sie sich Graf, die Sache ist so übel nicht als Sie glauben.

Julia. Ach Gott!

Kassandra. So will ich ihm Lethe zu saufen geben, daß er nicht mehr daran denkt.

Julia. Sie scherzen gnädige Frau! und die Sache ist so wichtig.

Kassandra. Nun in Wahrheit, ich bin ganz Ernst.

Ju-

Julia. Ruhe, Kredit, alles ist auf dem Spiele.

Kaſſandra. Kredit? es ſollte mich wundern, hättet Ihr noch welchen zu verlieren. Der iſt wahrlich ein groſſer Thor, der nur einen Soldi auf die Treue ſeiner Gattin hazardirt.

Julia. Meine Gräfin verzweifelt, komm ich ohne Troſt zurück.

Kaſſandra. Ohne Troſt ſagſt du? nein, das wäre zu arg, zu grauſam, die arme Gianetta ganz ihrer Verzweiflung zu überlaſſen. Höre Mädchen! Was man nicht ändern kann, muß man gut finden, war von jeher die erſte und gewis die klügſte Regel der Philoſophen: ſag dies deiner Gräfin, es hilft gewiß.

Julia. Nein gnädige Frau! ſie haßt philoſophiſche Gründe, wo es thätiger Hilfe bedarf, eben ſo ſehr als platoniſche Liebe, wenn ſie Wallungen zu löſchen hat. Aber um Gotteswillen Gräfin! Sie nehmen die Sache ſo leicht —

Kaſſandra. (nach einigem Nachdenken) Und wer war denn der Glückliche, dem Ihr den ganzen Unfall zuzuſchreiben habt?

Julia. Sie nennen ihn Scipio.

Kaſſandra. Was? der Mann alſo, auf den ich ſchon monatlange Jagd mache, für deſſen Beſitz ich umſonſt alle Künſte aufbot, umſonſt den Talisman meiner Reize aufſtellstellte, ihn zu fangen? Scipio, der junge schöne Mann? o da mag die Gräfin sich herauswickeln, wie sie glaubt, daß es am besten ist; ich kann dazu nicht das geringste — mag nichts können: und eine so schöne Sünde ist doch wohl einiger trüber Tage werth?

Julia. (fällt ihr zu Füssen) Mein gnädige Frau! nicht möglich! Sie lästern Ihr eigen Herz, wenn Sie mich überreden, dies sey die Sprache eines Herzens, das sonst so offen für jeden kleinen Kummer Ihrer Freundin, so theilnehmend an Ihrem Schicksale war. Erbarmen gnädige Gräfin! in der schrecklichsten Katastrophe, deren ich je welche erlebte.

Kassandra. Nun seht einmal! das Mädchen spricht mit so viel Zuversicht in meine Macht, als könnt ich aus einer Brodkrumme Diamanten hervorgehen machen, als bedärf es eines meiner Worte nur, um Wind und Meer, Himmel und Erde zu Gebote zu haben. Aber laß sehen, vielleicht ist Rath zu schaffen. (denkt nach) Die Hosen hat der Alte in Verwahrung?

Julia. Und wie es scheint unter sieben Schlössern verrammelt.

Kassandra. (scheint über andere Gedanken zu brüten) Von Scharlach sind sie?

Julia. Von Scharlach.

Vier-

Vierte Scene.

Kassandra, Julia, Bella.

Bella. Der Herr Graf lassen sich entschuldigen, Sie haben wichtige Geschäfte.

Kassandra. (ohne darauf zu achten) Auch gut. (zur Julia) Meine Empfehlung an die Gräfin (mit Bedeutung) ich will kommen.

Julia (küßt ihr die Hand und ab.)

Fünfte Scene.

(Pause, worin die Gräfin denkt, verwirft, neu wählt und beschließt.)

Kassandra. Hole mir aus des Grafen Garderobbe scharlachne Hosen. — Ohne Umstände! — und den Grafen laß ich bitten um seine Uhren, auf eine Stunde nur. Eile!

Bella. (ab.)

Kassandra. (ein paarmal das Zimmer durch, und ab in ein Nebenzimmer.)

Sech-

Sechste Scene.
Gianetta's Zimmer.

Gianetta. (in der heftigsten Unruhe) Julia kömmt nicht? — das ist schrecklich, so zwischen Furcht und Hofnung schwanken, wie die Missethäterin am Blutgerüste — — — Und wenn sie kömmt, vielleicht ohne Trost, ohne Hofnung, was dann? — ich möcht' verzweifeln über den Gedanken der Möglichkeit — — — Für eine wollüstige Umarmung des Jammers so viel; für eine Unterbrochne Umarmung des Elendes so viel, so viel der Verzweiflung. O über euer erhabenes Glück, ein Mensch zu seyn; ihr Philosophen! über die gepriesenen Freuden des Lebens! für einen Fingerzeig des Glückes der peinigenden Qualen so viele! (will weiter reden, hört kommen, fliegt nach der Thüre.)

Siebente Scene.
Gianetta, Julia. *)

Gianetta. Nun?

Julia. Sie wird kommen.

Gia=

---

*) Um jeder Beschuldigung der Unwahrscheinlichkeit vorzubeugen, muß ich erinnern, daß Kassandra's Wohnung von Gianetta's ihrer keine 20 Schritt seyn darf — Wollen wir annehmen, daß beide unter einem Dache wohnen, so fällt jede Unwahrscheinlichkeit ganz weg; welches auch für die nächste Scene der Kassandra gelten soll.

C

Gianetta. Bald?

Julia. Augenblicklich! (man hört kommen)
Der Graf! —

Gianetta. Fort! ich darf ihn itzt nicht
sehen, fort! (beide eilig ab.)

Achte Scene.

Der Graf.

(im Schlafrock und Pantoffeln, die rothen Hosen unterm Arme.) War das nicht
ihre Stimme? — — Gianetta! Weib!
warum hast du mir das gethan? — Aber
büssen soll mir die Treulose, bis zum letzten
Gericht die Spuren meiner Rache fühlen —
Wenn sie dann, zwischen vier Mauern, ver-
schlossen einsam auf ihrem Lager sich wälzt,
ihr Bette mit Thränen benetzt, Nächte durch-
winselt, die Luft mit Klagen erfüllt und
Verwünschungen über ihr Geschick, alle
Qualen des Lebens in doppeltem Grab em-
pfindet, wann sie vergebens dem Tod entgegen sieht, ihn wünscht; wann verzehrender
Gram ihre Jugendblüthe von den Wangen
wischt; ihr Fleisch von den Gebeinen nagt,
wann langsamer Tod ihr zögerndes Ende ver-
bittert — dann erinnere dich dieser Stunde,
Weib! und der Höllenqualen, die ich dei-
netwegen litt. (läutet, Antonio kömmt) Den
Reisewagen zurechte machen; für Nachmittag

tag 2 Uhr Poſtpferde beſtellet. Die Gräfin
bitteſt du hieher. (Antonio ab.)

Neunte Scene.

Der Graf, Julia, Kaſſandra.

Julia. Die Gräfin Kaſſandra —
Graf. Was? wer? itzt — ich kann ſie
nicht ſprechen —
Kaſſandra. Guten Morgen Graf! Sie
verzeihen, daß ich ſo überraſche; das Verlangen, Sie geſund wieder zu ſehen, war zu
groß, als daß —
Graf. Wahrhaftig Gräfin, ich — habe
Sie itzt nicht vermuthet — mein Anzug —
Kaſſandra. Was Ceremonie — wir ſind
unter uns. (Julia ab.)

Zehnte Scene.

Graf, Kaſſandra, Gianetta.

Gianetta. Sie ließen mich rufen, Graf,
ich erwarte Ihre Befehle.
Kaſſandra. Befehle? pfui Gräfin! Sie
beleidigen Ihren Gatten und unſer ganzes
Geſchlecht durch eine ſolche Demüthigung;
nicht wahr Graf, Sie befehlen Ihrer Gat-
tin nie? (mit Bedeutung) Gut geſchlafen,
Gräfin? (drücken ſich unbemerkt die Hände.)
Gianetta. Ich wünſche keine ähnliche
Nacht mehr.

Kaſ-

36

Kaſſandra. Sie ſcherzen —

Gianetta. Nichts weniger; ich war im Ernſt ſehr übel.

Graf. Sie dürfen es glauben Gräfin — ich bin Augenzeuge davon, und vielleicht mehr als Augenzeuge.

Kaſſandra. Was iſt das? hier muß was vorgegangen ſeyn.

Gianetta. (ausweichend) Ich will das Frühſtück beſorgen; indeß — (mit Verbeu- gung ab.)

Eilfte Scene.
Kaſſandra, Spillaci.

Kaſſandra. Aber im Ernſt Graf! ich weis nicht, was ich denken ſoll; ich will doch nicht hoffen —

Spillaci. Sie haben recht, hoffen wir nichts, ſo haben wir nichts zu fürchten. Lei- der daß ich der Thor war, mich durch Hof- nungen täuſchen zu laſſen; ich konnt' es ja vorausſehen —

Kaſſandra. Was vorausſehen? Sie ſpre- chen räthſelhaft.

Spillaci. Dringen Sie nicht in mich Grä- fin, und verzeihen Sie, wenn Sie mich heute nicht ſo finden wie ſonſt, ich kann nicht anders —

Kaſſandra. Nein wahrhaftig! Sie ma- chen mich ſtaunen. Sie müſſen was Großes auf der Seele haben, oder ich geb mein Leben zum Pfand.

Spil-

Svillaci. Zentnerschwere Lasten, Gräfin! wenn Sie wüßten — aber — Sie sollen alles erfahren, nur itzt nicht, nur in diesem Augenblicke nicht. Nachmittag, Gräfin! morgen, wann Sie wollen.

Kassandra. Graf! ich hätte nicht gedacht, daß wir so stünden; sonst durft' ich an Ihrem Kummer Theil nehmen, sonst war's mir gestattet lindernden Balsam in die Wunde zu tröpfeln; itzt darf ich es nicht mehr, und warum nicht? Graf! wodurch hab ich das verdient?

Svillaci. Um Gotteswillen dringen Sie nicht weiter in mich! ich kann nicht, ich darf meine Schande nicht offenbaren, bis ich gerächt bin.

Kassandra. (mit scheinbarem Staunen) Schande, Graf? was war das? sagten Sie Schande? — — — Ich bedaure Graf! die Reise hat mehr verdorben als gut gemacht.

Svillaci. Freilich! feilich; die verdammte Reise hat mich um den Verstand gebracht. Sie haben ganz Recht, denn sehen Sie, die Reise war der Grund, worin die wichtige Mine, meinen Verstand in die Luft zu blasen, gegraben ward. Aber sehen Sie Gräfin! auch Narren reden Wahrheit, sagt man, und ich fühl's, man hat daran nicht immer Unrecht.

Kassandra. So dürften wir uns wohl nie verstehen, und ich würde mich umsonst

C 3   be-

bemühen, Sie bessers Blutes zu machen; ich gehe. (steht auf.)

Graf. O bleiben Sie doch, vielleicht kann ich überzeugen.

Kassandra. Nachmittag Graf; itzt hab ich noch mehrere Krankenbesuche, und es ist spät. (Sie schlägt den Rock hinauf, sieht nach der Uhr.)

Graf. (über den Anblick der Scharlach= hosen äußerst bestürzt) Ha! — (seine Ver= legenheit ist die größte) Ein neues Blend= werk!

Kassandra. Nun Graf! eine neue An= wandlung?

Graf. Nein, beim allmächtigen Gott! das ist zu viel — Hölle und Trug!.

Kassandra. Nun was toben sie denn? (steckt die Uhr an ihren Ort.)

Graf. (nach einer wichtigen Pause) Verzeihen Sie Gräfin! unsere Unterredung —

Kassandra. Nun?

Graf. (beiseite) Was soll ich sagen?

Kassandra. Unsere Unterredung — was denn?

Graf. (höchst verwirrt) Ich kann nicht —

Kassandra. Das fasse wer es kann; ich weis nicht — Sie sind verlegen Graf; wor= über denn?

Graf. Lassen Sie mich, bringen Sie nicht in mich, martern Sie mich nicht!

Kas=

Kaſſandra. Izt kommen Sie mir nicht aus; Sie müſſen beichten Graf, dafür hilft nichts — Was machte Sie verlegen?

Graf. Gräfin — ich — Verzeihung! — die rothen Hoſen — o Gott! Gianetta iſt unſchuldig —

Kaſſandra. Die rothen Hoſen — Gianetta unſchuldig — wo das hinaus will!

Graf. Das will ich Ihnen ſagen — Ich komme geſtern Abends nach Haus, unvermuthet, meine Gattin iſt nicht wohl, ſagt man, ich gehe zu ihr, treffe ſie im Bette, neben ihr dies, (zieht die rothen Hoſen hervor — die Hand vors Geſicht haltend) ich wußte nicht, daß auch Weiber Hoſen tragen.

Kaſſandra. Eiferſucht alſo lieber Graf? nun über Euch Männer und das ewige Räthſel! bald bis zum Ueberdruſſe kalt, völlig unbekümmert um unſer Thun und Laſſen, bald von jeder Kleinigkeit —

Graf. (hizig) Kleinigkeit Gräfin? nein wahrhaftig, das war keine Kleinigkeit (auf die Hoſen deutend) ich war überwieſen.

Kaſſandra. Und dennoch getäuſcht.

Graf. Gott ſey Dank!

Kaſſandra. Da ſehe man! Sie glaubten ſicher zu gehn, glaubten Ihrer Sache gewiß zu ſeyn, und waren dennoch getäuſcht; wie oft geben nicht unbedeutendere Dinge Stoff zu weit größeren Uibel?

Graf

Graf. Gianetta ist unschuldig, mein Verdacht — o Gott!

Kaffandra. Nehmen Sie das zur Warnung Graf! Eifersucht ist das Mittel nicht, Weiber treu zu behalten; jemehr Ihr sie bewacht, um so mehr erinnert Ihr sie auf Mittel zu denken, Euch zu betrügen. Noth macht sinnreich, Zwang — widerspenstig. Haltet Ihr den Zügel des Pferdes zu kurz, so bäumt es sich, und wirft Euch aus dem Sattel; und betrogen müßt Ihr einmal seyn in Eurem Leben, dafür hilft nichts. Nun kömmts nur auf die Vorstellungen an, die Ihr Euch davon macht — Seyn Sie Philosoph Graf? unausweichbaren Uebeln muß man mit Gelaffenheit entgegensehen.

Graf. (seufzt.)

Letzte Scene.

Gianetta, Vorige.

Gianetta. Das Frühstück —

Graf. (eilt ihr entgegen, umarmt und küßt sie.) Gianetta! meine Gianetta! was hab ich gemacht, wie werd ich es wieder gut machen können; deine Tugend —

Kaffandra. Ruhig Graf! Ihr Verdacht muß Geheimniß bleiben, durchaus! — Itzt zum Frühstück.

Graf.

Graf. Ich komme gleich nach; (ab ins
Cabinet mit den Hosen.)

Kassandra. Nun Gräfin? — Sehen Sie,
hebt den Rock empor) dies rettete Sie. Ein
andermal —

Gianetta. (umarmt sie heiß) Wo nehm
ich Worte! Gott! —

Kassandra. Mehr Vorsicht, Behutsam=
keit, Mäßigkeit! Man hat nicht immer bei
ähnlichen Verlegenheiten gleiche Geistesgegenwart. (Arm in Arm ab.)